大軍

關豆

兒

胡桃鉗分隊

黑米

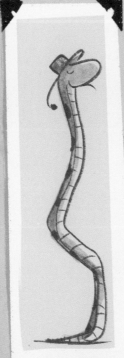

瘋狂獨角獸分隊

格格傑克森

宮特龍

傑哈

歌雷親

獻給Léandre......一言難盡！

L. M.

獻給所有社交媒體或線上遊戲的狂熱愛好者，
這些人會在這本書裡看到自己！
特別的是我的教女尤莉雅，她是非常傑出的瑪利歐賽車手，
還有夢想成為茶杯頭的諾亞，
小小忍者的鐵粉巴蒂斯特，
以及幾乎抓完所有小小忍者的埃斯特邦，
還有耶琳和艾米，他們已經掉進螢幕的深淵！
也獻給馬丁，他已經加入反螢幕特攻隊了！
要在網路連結的世界裡找到平衡不見得那麼容易，
但是閱讀會很有幫助！

F. B.

反螢幕特攻隊

文 / 勒妮雅·馬卓　　繪 / 弗羅宏·貝居　　譯 / 尉遲秀

「反螢特，您好！」

「請問是反螢幕特攻隊嗎？」

「沒錯，我的小綿羊，有什麼可以為您服務的呢？」

「我是小櫻，住在氣球街十號。我打來是因為我哥哥艾米。我已經一個月都沒看到他的眼睛了，我不知道該怎麼辦！」

「他有哪方面的問題？平板？手機？電視？電腦？」

「通通都有！」

「沒問題，我的小蝦米，我們會在三毫微秒之內為您解決問題。行動預計明天展開，就在早餐時間！」

「確定嗎，先生？」

「沒錯，就像冰棒的棒跟海浪的浪有押韻一樣確定。保證成功，我的小蜜蜂。」

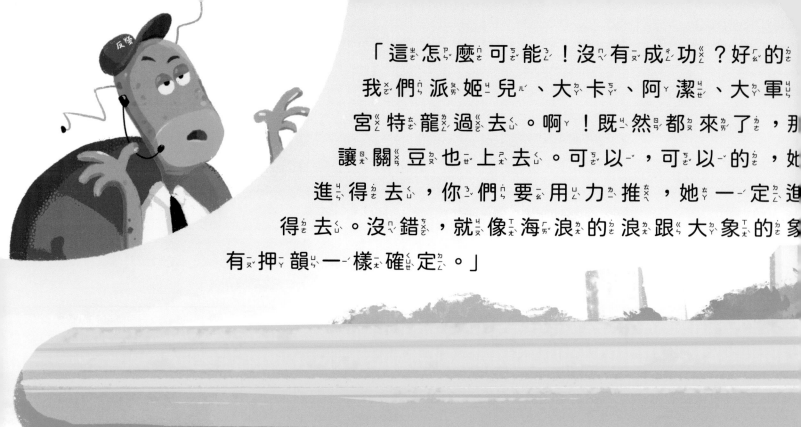

「這怎麼可能！沒有成功？好的，
我們派姬兒、大卡、阿潔、大軍、
宮特龍過去。啊！既然都來了，那
讓關豆也上去。可以，可以的，她
進得去，你們要用力推，她一定進
得去。沒錯，就像海浪的浪跟大象的象
有押韻一樣確定。」

32

》校 SCHO

「這怎麼可能！他沒認輸嗎？大卡，你有大吼大叫嗎？阿潔傻笑嗎？那關豆有沒有放屁？好的……黑米，反螢幕特攻隊就靠你了！把你的絕招通通使出來吧！好傢伙，世紀演出登場了！沒錯，就像大象的象跟果醬的醬有押韻一樣確定。」

「我最愛烤餅，你們知道是什麼原因？
因為烤好的時候，裡面塗滿了奶油！」

「這怎麼可能！他什麼都沒看到，什麼都沒聽到？黑米，別哭了，你沒被解僱。這不是你的錯，這案子比較複雜。好的，我要派胡桃鉗分隊去學生餐廳，雖然這不在計畫之中，但我不管了。反螢幕特攻隊的名聲已經岌岌可危，沒錯，就像果醬的醬跟圍牆的牆有押韻一樣確定。」

「哈囉？是的，小櫻，我的小海狸，
目前看起來，還沒有成功，
不過反螢幕特攻隊從不放棄，
沒錯，就像圍牆的牆跟山羊的羊有押韻一樣確定。」

「傑哈，下課鐘一響，你就讓他們下車！就是現在，把那群瘋狂獨角獸放出去！」

「這怎麼可能！沒有反應？
傑哈！有沒有搞錯？一整群獨角獸耶？
歌雷親，你立刻把冰淇淋車停到巴士站旁邊，
就在熱甜薯街跟皮皮將軍街的那個轉角！」

「沒錯，歌雷親，你是超級魔術師
這案子太讓人失望了……，你知道嗎
這個艾米，他開始惹火我了。沒錯
就像山羊的羊跟籃框的框有押韻一
確定。很好，我們要重砲出擊，派出最
的救援部隊，前所未見的絕招要使出來了
格格傑克森，換你上場，全部交給你了。」

「哈囉，小櫻，我的小燕子？

反螢特要向您致上最高的歉意。這真的是第一次。

我發誓，我們什麼都試過了，但我們還是失敗了。

沒錯，就像籃框的框跟鐵窗的窗有押韻一樣確定。

不過有個安慰小禮物要送給您，

我們會將當天的紀念影片發送到您的電子信箱。

如果您需要任何協助，歡迎隨時來電。

還有，我也不是要怪您的哥哥，不過我的團隊，

有一半的人都因為心情太沮喪而請了病假。」

「好ㄏㄠˇ吧ㄅㄚ，艾ㄞˋ米ㄇㄧˇ，既ㄐㄧˋ然ㄖㄢˊ你ㄋㄧˇ這ㄓㄜˋ麼ㄇㄜ˙喜ㄒㄧˇ歡ㄏㄨㄢ你ㄋㄧˇ的ㄉㄜ˙螢ㄧㄥˊ幕ㄇㄨˋ，
我ㄨㄛˇ把ㄅㄚˇ你ㄋㄧˇ今ㄐㄧㄣ天ㄊㄧㄢ錯ㄘㄨㄛˋ過ㄍㄨㄛˋ的ㄉㄜ˙東ㄉㄨㄥ西ㄒㄧ全ㄑㄩㄢˊ部ㄅㄨˋ傳ㄔㄨㄢˊ給ㄍㄟˇ你ㄋㄧˇ了ㄌㄜ˙！」

「原來你們做了這麼多事，我都沒發現。現在我收到訊息，我立刻讓平板休息。」

「反螢特，您好！」

「請問是反螢幕特攻隊嗎？」

「沒錯，我的小野狼，有什麼可以為您服務的呢？」

「我是艾米，住在氣球街十號。我打來是因為我爸爸侯貝托……」

反螢幕特攻隊

Text by Lenia Major

Illustrations by Florent Bégu

La Brigade anti-écrans © Hachette Livre / Gautier-Languereau, 2020

Complex Chinese translation rights arranged through The PaiSha Agency

繪本 0294

反螢幕特攻隊

文｜勒妮雅‧馬卓　圖｜弗羅宏‧貝居　譯者｜尉遲秀

責任編輯｜張佑旭　特約編輯｜廖之瑋　封面設計｜王慧雯　美術設計｜廖瑞環　行銷企劃｜溫詩潔

天下雜誌群創辦人｜殷允芃　董事長兼執行長｜何琦瑜

兒童產品事業群 副總經理｜林彥傑　總監｜林欣靜　版權專員｜何晨瑋、黃微真

出版者｜親子天下股份有限公司　地址｜台北市 104 建國北路一段 96 號 4 樓

電話｜（02）2509-2800　傳真｜（02）2509-2462　網址｜www.parenting.com.tw

讀者服務專線｜（02）2662-0332　週一～週五：09:00～17:30

讀者服務傳真｜（02）2662-6048　客服信箱｜bill@cw.com.tw

法律顧問｜台英國際商務法律事務所‧羅明通律師

製版印刷｜中原造像股份有限公司　總經銷｜大和圖書有限公司　電話：（02）8990-2588

出版日期｜2022 年 3 月第一版第一次印行

定價｜320 元　書號｜BKKP0294P ISBN｜978-626-305-164-5（精裝）

國家圖書館出版品預行編目資料

反螢幕特攻隊/勒妮雅.馬卓文；弗羅宏.貝居
圖；尉遲秀譯. -- 第一版. -- 臺北市：親子
天下股份有限公司, 2022.03
32面；23.5＊27公分
注音版
ISBN 978-626-305-164-5(精裝)
876.596　　　　　　　　110022575

訂購服務

親子天下 Shopping｜shopping.parenting.com.tw

海外‧大量訂購｜parenting@cw.com.tw

書香花園｜台北市建國北路二段 6 巷 11 號　電話（02）2506-1635

劃撥帳號｜50331356　親子天下股份有限公司

立即購買 >